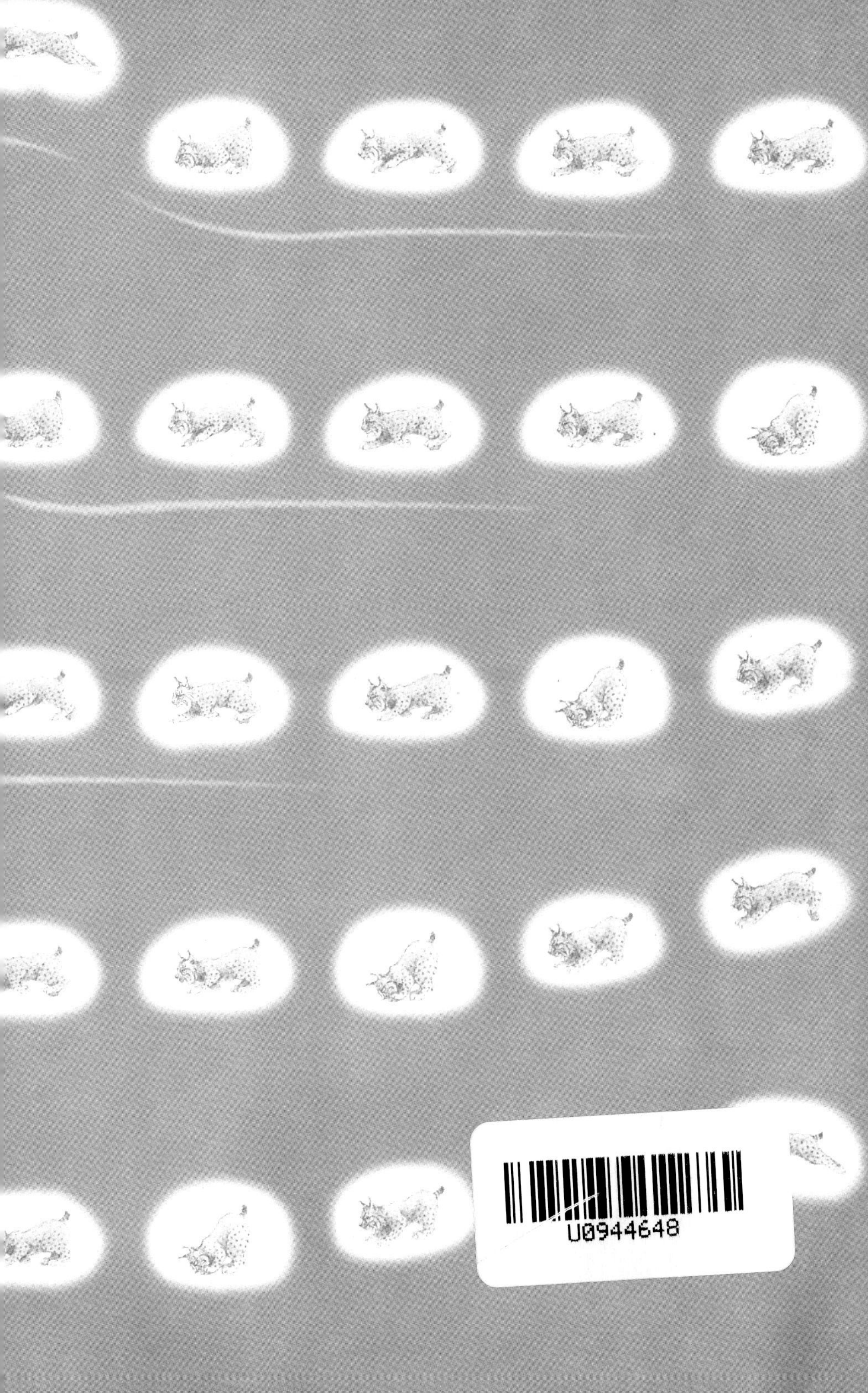

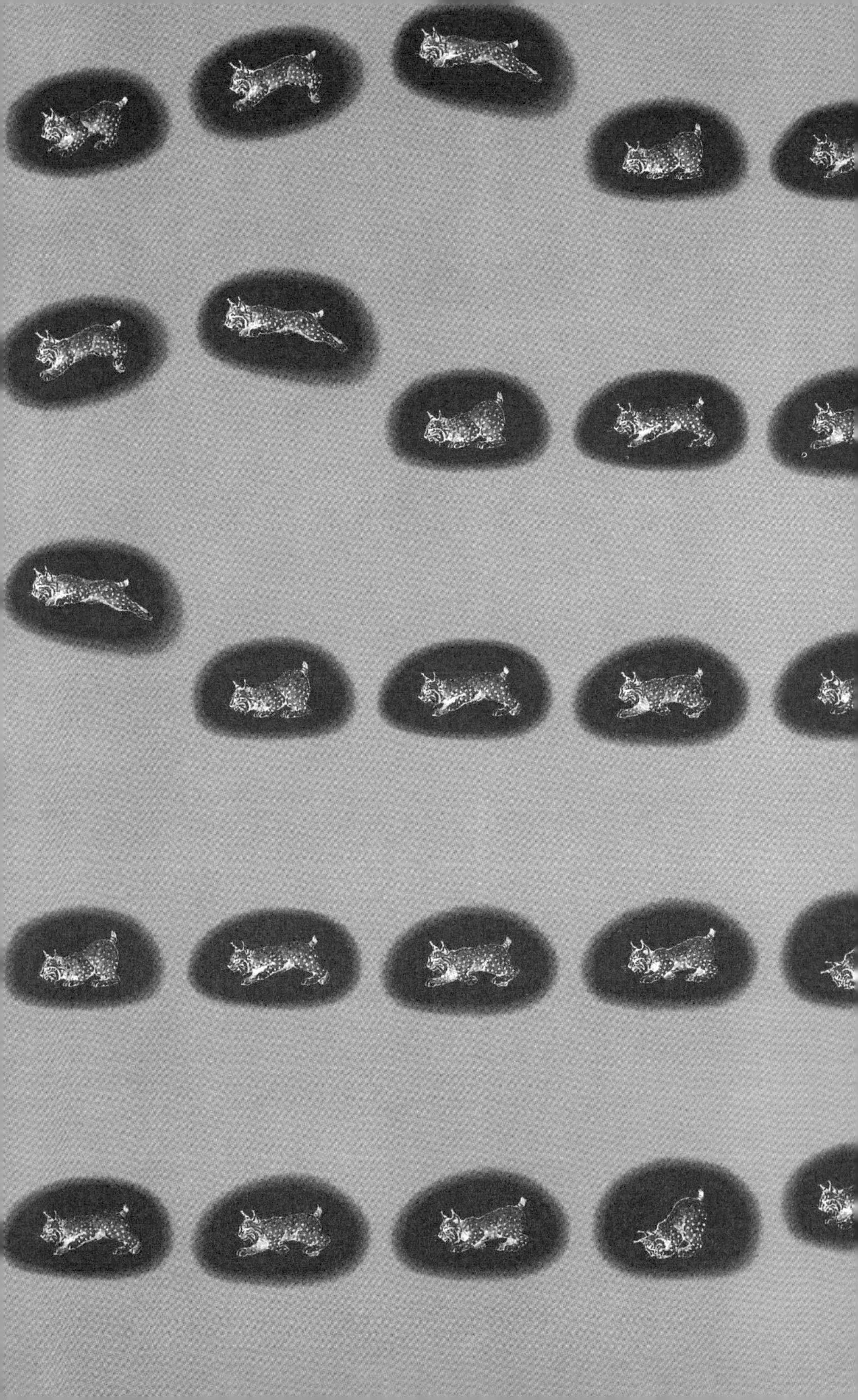

[日] 小林清之介/文 [日] 高桥清/图 王维幸/译

7

少年与猞猁

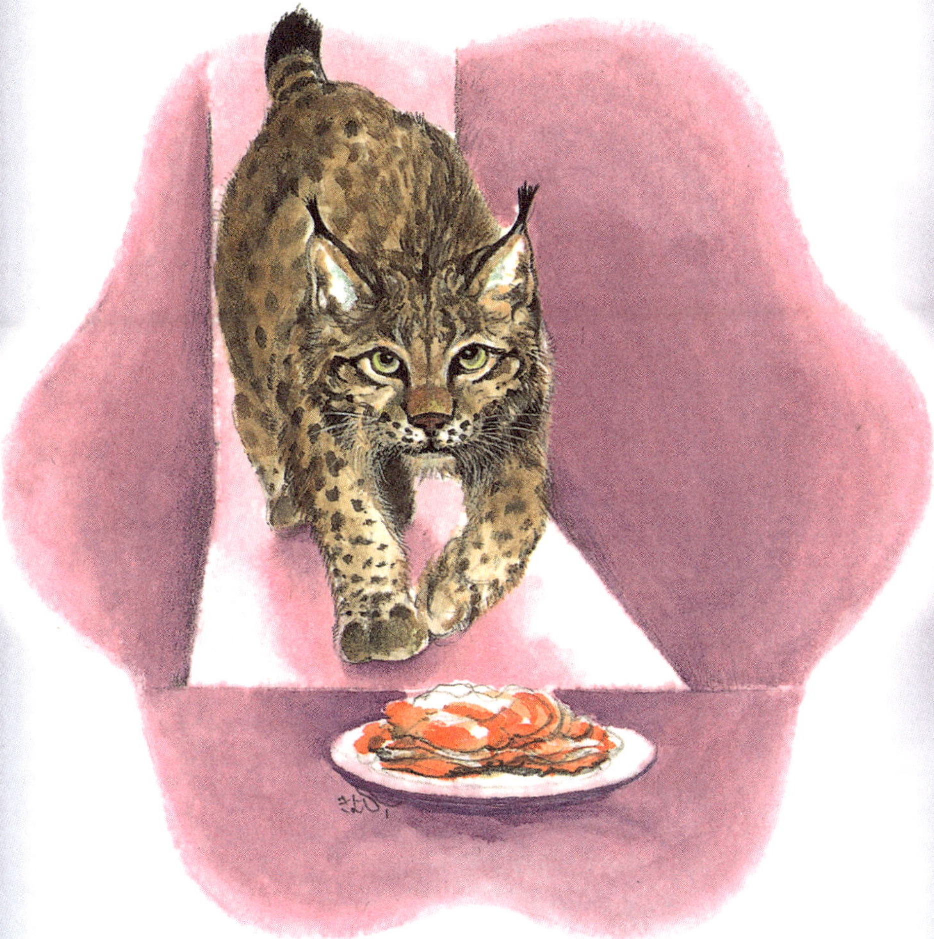

前 言

在北美，有一个名叫西顿的大叔，他非常喜欢动物。

他常常观察动物，还写了很多动物故事，除了狼、狗熊和鹿以外，还有许多其他的动物。

他的故事不仅生动有趣，还活灵活现地描绘了动物们的生活状态。

一只“小猫”

这儿是加拿大一片大森林的深处，一幢简陋的木屋孤零零地坐落在这里，这就是科尼的家。

科尼是一名快乐的青年。他离开了父母,跟两个妹妹共同生活。

他在这里砍伐森林,开辟田地。

妹妹们给他做帮手,帮他做饭。

另外还有一名少年，名叫索伯恩。

索伯恩今年15岁，是木屋的一位客人。

索伯恩前些日子患过重病，现在刚刚痊愈。

他的爸爸妈妈说：“森林生活对身体好，你就去那儿玩一阵子吧。”

于是，就把索伯恩托付给了朋友科尼照顾。

“我出去走走。”

索伯恩离开木屋。

他每天都要在森林里散步，练习脚力，好让软弱的腿脚恢复强壮，顺便再观察一下森林里的动物和植物。

最近，他经常会遇到两只鹿——鹿妈妈带着一只小鹿。可是今天，那只小鹿却没有出现，只有鹿妈妈孤零零地在那里。

这到底是怎么回事呢?

“对，让我试试看。”

索伯恩摘下一片草叶，夹在指缝里。

然后使劲儿吹起来，发出像小鹿鸣叫似的声音。

咦? 鹿妈妈急忙朝这边跑了过来。

“啊，明白了。它一定是跟小鹿走散了。”

可是，到底是怎么走散的呢？

索伯恩继续走。

他走了三十多分钟，来到森林深处。

眼前是一片空地，树也不多。

“啊，小猫！”

只见两只“小猫”正在嬉戏。再仔细一看，才发现这不是普通的小猫。虽然脸很像小猫，可身体却很大。

“对了，是小猞猁！”

猞猁成年后，个头儿有狗那么大。不，比小狗还要大一些，差不多有牧羊犬那么大。

就在前几天，还有一只成年猞猁从科尼的木屋偷走一只鸡呢。

索伯恩曾在森林里遇见过那只正叼着鸡的猞猁。可是，对方太灵活了，一眨眼就逃走了。

可惜他当时没带猎枪。不过，今天却带了。

索伯恩端起猎枪。

好快的家伙

“小猫”满不在乎地望着这边。

似乎还不知道人类和猎枪的可怕。

太可怜了，真不忍心打死它们。

“可是，一旦放过它们，长大后又会来偷鸡的。必须得打……”

这儿是森林的深处，远离城市，鸡就像宝贝一样珍贵。

索伯恩端着猎枪正要瞄准。

“嗷——”

忽然，身边传来一个可怕的叫声。

索伯恩一扭头，原来，一只成年猞猁已不知不觉间来到离他不到3米的地方，正凶巴巴地盯着他。

肯定是“小猫”的妈妈。

“好，先干掉你再说。”

不过，要想打大猞猁，就必须换子弹。

把打鸟用的小子弹换成大子弹。

索伯恩迅速换上子弹。

可是，猞猁妈妈却更迅速。

它一口叼起自己脚下的一样东西，像风一样地跑了起来。

眨眼间就钻进了树丛里。

“小猫”们也跟在身后，转瞬间就消失了。

“混蛋！好快的家伙！”

索伯恩一面换着子弹，一面仔细瞧了一眼猞猁嘴里叼的东西。原来是一只野兽的尸体。

茶色的毛上还带着些白点儿。原来是小鹿的尸体。

“啊，我明白小鹿为什么不见了。原来是让猞猁咬死了。”

可是，猞猁是为了让自己的孩子吃上肉才把小鹿咬死的。

悲伤的鹿妈妈、可怕的猞猁、可爱的“小猫”……

索伯恩不断回味着它们的身影，回到了木屋。

听科尼说，森林里的动物减少了很多。

去年，野兔群中爆发了一场可怕的疫情。有许多野兔接连死掉。

并且，由于严寒，积雪全结成了冰。由于吃不到雪下的树果和草籽，披肩榛鸡也死了不少。

糟糕的情况还在继续。

春天后又下了一场大雨，池塘和小河的水暴涨。

鱼和青蛙全都去了河的深处，远离了河岸。

野兔、披肩榛鸡、鱼还有青蛙，它们全都是猞猁的食物。现在这些食物全没了。

所以，猞猁总是饿肚子。接下来它会出现在哪儿呢？

大家全得了疟疾

木屋的生活每天都是同样的节奏。

首先是科尼在黎明时起床，生火。

然后叫起妹妹玛格特和露。

趁姐妹俩准备早饭的时候，科尼去喂马。

吃完早饭是 6 点。

“我走了。”

科尼就到森林深处。伐树，挖树根，开辟空地。

有时候还会去割草。

晒干后，给马匹做过冬的草料。

到了中午，玛格特就去泉边打水。泉就是能自动冒水的地方。

准备完午饭后，露还要在木屋前竖起一根长杆子。

杆头上挑着一块白布条。飘动的布条在远处很容易看到。

森林深处的科尼看到布条后，就知道该吃午饭了。然后就会回来。

事情就发生在索伯恩来到木屋四十多天的时候。科尼忽然得了病，是疟疾，高烧不退。

妹妹们就煮森林里的草药喂给他喝。可是没用，五天十天也不见好。

科尼决定返回父亲那儿。

“一星期就会好的。痊愈后我马上回来。”

科尼躺在马车上，让马拉走了。

聪明的马知道去 40 公里外的父亲家的路。

可是，患上疟疾的不只是科尼一个。剩下的三人也全都被传染了。

这下可糟了。大家全都发起高烧，病倒了。

病情一天天在加重。

玛格特和露已经卧床不起，连饭都没法做了。

“没事，我来做。”

索伯恩下了床，踉踉跄跄地走向厨房。

“咦？奇怪啊，培根怎么没了？”

为了防苍蝇，培根明明是放在箱子里的。

索伯恩都快要哭了。剩下的只有面粉和红茶了。

附近也没有人家能周济食物。即使最近的住户，离这儿也有 6 公里远，而且还是在湖的对岸。

要想去那儿只能乘独木舟渡湖。

可是，他现在连走路都很艰难，怎么可能渡过去呢。

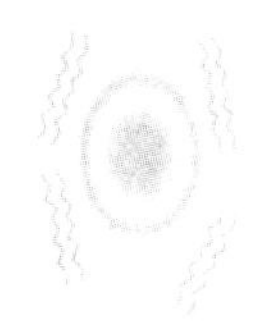

忽冷忽热

“咯、咯、咯、咯——”

外面传来一阵鸡叫声。

“对啊。还有鸡呢……”

可是，自己连走路都走不稳，怎么能捉住敏捷的鸡呢？太难了。

索伯恩拿起猎枪来到外面。

他好不容易打中了一只鸡。

然后囫囵着放进锅里煮了。

“啊，真香！”

三个人贪婪地吃着鸡肉，喝着汤。

一只鸡三天就吃光了。

索伯恩再次拿起猎枪。

“好重啊。怎么这么沉呢？”

平时轻快的猎枪变得沉甸甸的。并且，由于疟疾，手还不住地打哆嗦，怎么都瞄不准。

打一只鸡就要失败七次。猎枪子弹只剩下三发了。

“咦？奇怪啊。鸡怎么在不断减少啊？本来有很多的……”

原本有十二三只鸡，现在却只剩三四只了。索伯恩只是打死了两只。

又过了三天。

索伯恩爬到外面。

咦？鸡只剩下一只了。索伯恩用光了三发子弹，终于把鸡打死。

“啊，鸡打完了，子弹也用光了。”

想到这里，索伯恩浑身发软。

可是，一旦索伯恩趴下了，玛格特和露该怎么办呢？他一定要设法守护姐妹俩。

他能爬起来的时候只有上午。

索伯恩要在这段时间里为大家做好饭。

“对了，水也要多打一些才行……”他摇摇晃晃地走到泉边，打回一桶水。

把两桶水分别放在姐妹俩的枕边。

每到下午1点钟左右，二人肯定会发冷的。

索伯恩跟玛格特和露一样，也躺在床上，盖着毛毯。

“啊，好冷啊，冷死了。”

身体忍不住直打哆嗦。

旁边明明生着暖炉，可身上一点儿都不觉得暖和，还恶心。

发冷会一直持续到晚上8点左右。

然后，发冷和恶心就会神奇般地消失。

接下来就会发烧。

“啊，热，好热啊。”

温度烧得很高。嗓子干得难受。

大家就全起来喝枕边的水。把脸伸进水桶里，“咕嘟咕嘟”地喝个不停。

一直喝到凌晨 4 点左右。

直到这时烧才退下去。然后三人就会像死去一样昏睡过去。

不是做梦

可怕的不只是疟疾，食物也眼看着没有了。

吃完最后一只鸡，剩下的就只有面粉了。面粉要在水里煮着吃。可现在连这面粉也只剩一点点了。

“如果我病情加重起不来了，那就完了。大家就都没救了。也不知道科尼怎么样了？”

科尼已经走了三个星期了。

黎明的时候，索伯恩忽然醒来。

“咦？什么声音？”

“哗啦哗啦哗啦哗啦——”

是水声。索伯恩朝声音扭过头去，心里“咯噔”一下。

蓝眼睛，黑暗中闪着一对蓝眼睛，离索伯恩的脸还不到 30 厘米远。

是一只大野兽，正“哗啦哗啦”地喝桶里的水。

“我一定是在做梦。听说印度有一种虎怪，只在人的梦中出现。我曾经在一本书里读到过。我现在看到的一定就是那东西。”

索伯恩闭上眼睛，以为闭上眼睛那东西就会消失的。

可是，“哗啦哗啦”的水声仍在继续。

索伯恩偷偷睁开眼。

“在。还在。”

索伯恩想大声呵斥。可是嗓子塞住了，发不出声音。

野兽哼着鼻子，摇着头。把搭在水桶边上的前腿放下来，慢慢地朝对面走去。

索伯恩已经完全醒了。得赶紧把那只奇怪的野兽赶走才行。

他撑着胳膊肘，重新起来。

“嘘——嘘——”

驱赶起野兽来。

野兽“哧溜”一下钻进地板上的一个大洞，去了外面。

外面是存放土豆的地方。

当然，现在已经连一个土豆都没有了。那儿早已经破了，有一个大洞。

天亮后，索伯恩用木柴把那个洞堵了起来。

第二天晚上，当索伯恩迷迷糊糊正要睡着的时候，耳边又传来一阵奇怪的声音。

“嘎嘣嘎嘣嘎嘣嘎嘣——”

是嚼骨头的声音。

有个东西正在嚼屋里的鸡骨头。

“啊，就在饭桌上。”

一个黑乎乎的野兽影子映在窗前。

“混蛋，滚开！”

索伯恩抓起床边的靴子就要扔过去。

怪影“刷”的一下跳到地板上，又像昨晚一样无声无息地消失了。

仔细一看，塞好的洞又开了一个窟窿。

“果然不是在做梦。”

饭桌上没吃完的鸡不见了就是证据。

生锈的鱼叉

“啊，累死我了。”

第二天早晨，索伯恩怎么也起不来了。

他不仅得了疟疾，还连续两晚都没睡。不累才怪呢。

玛格特和露也听到了昨晚的声音，那个嚼骨头的声音。

“今晚肯定还会来的。我怕。”

“猎枪子弹也没有了，对吗？怎么办呢？”

两人哭了起来。

“没事，有我在。”

索伯恩踉踉跄跄地走到外面。

“找找有没有武器，真希望有一样能赶走那只野兽的武器。”

他在储藏室找了找，找到一个鱼叉。鱼叉是一种在湖里叉鱼用的工具，上面有三个叉子一样的齿。

这鱼叉好像很久不用了，上面生满了红色的锈。

也不知有没有用。

“不过，有总比没有强。”

万不得已，就只能用这个来防身了。

另外，他还找到了一块用松树根做的蜡烛。

索伯恩把鱼叉和蜡烛放在了床边。

然后想：今晚那野兽一定还会来的。可是，鸡肉已经没有了。如果没有肉的话……

“没错。接下来肯定会打我们的主意。”

想到这里，索伯恩不禁吓出了一身冷汗。

如果健康的话，自己肯定不会让野兽轻易得手的。毕竟这边有三个人。

可是，现在大家都病得动弹不了。

玛格特和露只能从床的这边挪到另一边。对野兽来说，再也没有这么容易下手的猎物了。

“必须想办法防御……”

索伯恩找了一些木柴，把地板上的洞再次堵了起来。可是，由于没力气，还是没堵好。

又到了晚上，漆黑可怕的晚上……

跟平时一样，索伯恩先是发冷，然后高烧。

他强忍着，屏住呼吸。

咦？怎么回事？那野兽并没有来。

“今晚把洞彻底堵死了，所以进不来了吧？”

索伯恩想。然后不知不觉间迷迷糊糊地睡着了。

“哗啦哗啦哗啦哗啦——”

索伯恩在梦中又听到了水声。

不久，他忽然醒来。水声仍在继续。就在枕边。

“来了。果然来了！”

蓝眼睛闪着光。

马上就要天亮了。

窗户已经有点儿发亮。借着微光，野兽的身形清晰地浮现出来。

“果然是猞猁！”

索伯恩早就猜到了。

索伯恩起来大喊着：

“露、玛格特，猞猁！猞猁来了。”

玛格特和露在旁边的房间里，结结巴巴地说：

“神啊，快帮帮索伯恩吧。我们都动不了。”

猞猁直盯着索伯恩。

“嘘——嘘——”

索伯恩驱赶着。

猞猁“噌”地跳上窗户一旁的饭桌。

上面的架子上就放着猎枪。可是，没有子弹的猎枪什么用都没有。

猞猁往窗户方向瞥了一眼。

它是不是要打破窗玻璃逃到外面去？要真是这样的话，自己就得救了。

可是，结果并非如此。

猞猁又朝索伯恩回过头来，用可怕的眼睛盯着他。

“好，既然这样，不是我杀死它，就是它杀死我。”

只能豁上命了。

索伯恩划了一根火柴，点上蜡烛。他左手拿着蜡烛，右手握着鱼叉。

身体在发抖。疟疾已经让他十分虚弱，连站立都困难，膝盖直打哆嗦。

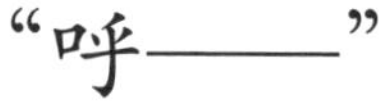

“呼——”

猞猁露出牙齿，压低姿势，短尾巴一动一动的。两只眼睛映着烛光。

索伯恩猛地把鱼叉刺过去。

猞猁忽地跳起来。

“扑过来了！”

索伯恩吓了一跳。可是，他猜错了。猞猁竟越过索伯恩的头，跳到了他身后的床上，然后迅速钻进了床底下。

殊死的一叉

猞猁被索伯恩殊死的一叉吓了一跳。

“好，机不可失。”

索伯恩把蜡烛放到架子上，双手握紧鱼叉。

猞猁的两只眼睛在床底的黑暗中放着光。

索伯恩瞄准放光的地方把鱼叉猛地刺过去。

“嗷——”

一声恐怖的惨叫。鱼叉完全刺中。

索伯恩使出浑身的力气，使劲把鱼叉往里扎。

猞猁痛苦地咬住鱼叉的柄。“刺啦刺啦”地竖起爪子，慢慢伸过来。

索伯恩正要再加一把劲的时候，“咔吧”，鱼叉柄折断了。

猞猁从床底下跳出来。

“完了！没救了！”

可是，猞猁却“噌”的一下穿过索伯恩身边，跳进了地板洞里。

“哧溜”一下钻到外面，逃走了。

“啊，得救了！”

索伯恩用尽了浑身的力气，一下昏倒在床上。

也不知过了多久。索伯恩听到有人在大声呼唤，他睁开眼睛。

“喂，大家都怎么了？玛格特、露、索伯恩！”

是科尼！科尼回来了！

门开了，科尼惊呆了。

“玛格特她们在那边的房间。我们全患了疟疾，也没有食物了。”

“啊，我真是太傻了。我一直还以为你们都很健康呢。”

“猞猁进来了。今早跟它大战……”

“结果呢？”

索伯恩指指地板。

地板上溅着猞猁的斑斑血迹。

科尼立刻去了湖对岸，弄来许多食物和药品。

不久，三个人的身体全都恢复了健康。

过了三个来月，一天，玛格特和露说想要一个新桶。

索伯恩想起森林深处的空地上正好有一棵“好树”。

就是他上次遇到猞猁的那地方。那儿倒着一棵空心的大树。

索伯恩和科尼一起出发，用锯把树干锯倒。

无意间瞧了瞧树干的里面。

“啊，猞猁！”

只见一只成年猞猁和两只小猞猁全死在了里面。

成年猞猁一边的肚子上还深深地插着一段脱落的鱼叉头。

“猞猁妈妈是为了给孩子们弄食物才去偷培根和鸡的。它的下一个目标就是你们。结果却被你杀死了。”科尼说。

索伯恩默默地望着猞猁那已经干巴的尸体。

西顿与猞猁

《少年与猞猁》是西顿41岁时出版的《动物的英雄们》一书中的一篇。前一年则出了《灰熊瓦布》。

1875年到1876年，西顿弄坏了身体。为了考取大学的公费生，他学习太猛，肺出了问题。幸好春天痊愈了。当年夏天，他辗转到林赛内地疗养。

这是曾在西顿父亲的农场工作过的拉里·惠蒂建议他这么做的。惠蒂的长子汤姆就住在林赛内地，过着拓荒生活。西顿在汤姆木屋里生活过一段时间，《少年与猞猁》便是根据此时的经历写成的。索伯恩就是西顿自己，科尼就是汤姆。

虽然故事中多少加了些东西，可汤姆回父母的家后，所有人都患上了疟疾，以及西顿用鱼叉跟猞猁战斗的情节都是事实。西顿在自传中也是这么说的。他之所以能够把猞猁的动作描绘得栩栩如生，便是因为这个缘故。

鸡被猞猁吃掉的情节则属于虚构，实际上还有好几只。不过猎枪子弹用尽一事却是真实的。另外，猞猁逃走后主人公昏倒，然后科尼立即回来的情节，这中间是有省略的，真实情况是科尼（汤姆）是又过了数日后才回来的。

他是在夜里 7 点回来的，被事情的严重性惊呆，烹煮了鸡让众人吃下后，又让大家服下了带来的奎宁（疟疾的特效药）。然后 10 点时又返回父母家，第二天黎明又把自己的母亲带

来，让母亲看护病人。数日后，得知消息的西顿的母亲也赶来了。

后来大家就逐渐痊愈，西顿在母亲的陪同下，于9月返回了父母在多伦多的家。后来，他在家附近捡了一只鹰的尸体，就画了一幅写生画。由于画得太逼真，把周围的人都震惊了。西顿便以此为契机，踏上了动物画家的路途，后来又成了动物故事作家。

猞猁与其同类

猞猁的英文名字叫“Lynx”，是一种大型的野生猫，体形有牧羊犬那么大。生活在亚洲、欧洲、北美等地北部的森林里，日本并没有分布。朝鲜和萨哈林(库页岛)等地则有少数分布。

猞猁胡须很长，耳朵接近三角形，耳尖的黑色长毛像毛笔尖一样挺直。眼睛锐利，让这种动物看上去更吓人。不过这种动物其实并不凶残，也很少有袭击人类的传闻。

之所以会进入木屋，大概是因为猞猁要养育幼崽，饥饿外加人类病弱等诸多因素吧。

在《原色日本动物大图鉴》中就曾记有猞猁在萨哈林（库页岛）袭击人类乘坐的车辆，结果数次被车辆轧死的情节，不过，这恐怕并

非针对人，而是误将车辆当成了恐怖敌人的缘故吧。

西顿自己也对猞猁抱有好感，他在《安住的动物》一书中也曾写道：“自己在森林中曾被这种动物跟踪过一两次，可是，跟踪自己大概是出于好奇心，而不是为了攻击自己吧。”

另外，同一本书中还介绍了一个猞猁的离奇真事。说是有个垦荒者的小羊遭到了猞猁的袭击，结果被愤怒的女主人一顿痛打。结果猞猁放开了小羊，狼狈逃走。

猞猁的食物主要是野兔、雷鸟、小型的鹿等，另外，有时候还会攻击狐狸、獾、松鼠等。一般都是一跃而起咬断对方的脖子，不过由于

人类太大，这种猎法并不适用。

反倒是人类频频地用猎枪射杀猞猁，用毒饵毒杀猞猁，买卖其毛皮。因为加拿大的哈德森湾公司就大量收购猞猁毛皮。毛皮被加工后会做成服装和装饰品之类。

在 19 世纪，除了狩猎之外，由于人类还砍伐森林开辟农田，导致猞猁无家可归，数量不断减少。据说，小猞猁的成长过程比其他动物慢也是导致其数量大量减少的原因之一。

小林清之介

小林清之介

1920 年生于东京，曾在动物学者岛春雄、昆虫学者石井悌等人的指导下饲养并观察野鸟、昆虫及其他小动物，多年来致力于动物资料的收集活动。

1962 年以后开始作家生涯，不仅为成人撰写动物随笔、动物启蒙说明，还专为儿童撰写了不少有趣的动物故事，近年来在俳句方面的著述也颇丰。

主要著述有：面向成人的《麻雀的四季》（全集日本动物志 2）（讲谈社）、《季语深耕·鸟》《季语深耕·虫》（角川书店）、《日本的小动物志——昆虫与野鸟》（每日新闻社）、《动物五百句》（明治书院），面向儿童的《日本昆虫记》全五卷（翌桧书房）、《野鸟的四季》（第 23 届小学馆文学奖）（小峰书店）、《法布尔（传记）》（行政）等书。

高桥清

少年时期即对昆虫和花草感兴趣，成年后从事油画创作，同时活跃于动植物与昆虫相关的绘本和插图领域。

著有《法布尔昆虫记（全 10 卷）》的插图等数种（翌桧书房），绘本方面则有《道旁的四季》等数种（福音馆书店），另外，还在各出版社从事昆虫、植物等自然生态类的插图、图鉴的创作。

参加过“行动美术协会会员（油画）壳奖展”“安井奖展”等画展。日本理科美术协会会员。

版权登记号：01–2016–6602

图书在版编目（CIP）数据

少年与猞猁/（日）小林清之介文；（日）高桥清图；王维幸译.——北京：中国人口出版社，2017.11
（西顿动物记）

ISBN 978–7–5101–4685–5

Ⅰ.①少… Ⅱ.①小…②高…③王… Ⅲ.①儿童故事–图画故事–日本–现代 Ⅳ.①I313.85

中国版本图书馆CIP数据核字（2016）第231453号

西顿动物记

少年与猞猁

出版发行　中国人口出版社
社　　长　邱　立
责任编辑　张文超
特约编辑　魏亚西
印　　刷　北京中科印刷有限公司
书　　号　978–7–5101–4685–5
开　　本　787mm×1092mm　1/16
印　　张　6
字　　数　40千字
版　　次　2017年11月第1版
印　　次　2017年11月第1次印刷
网　　址　www.rkcbs.net
电子邮箱　rkcbs@126.com
总编室电话　(010)83519392
电　　话　(010)83534662
传　　真　(010)83518190
地　　址　北京市西城区广安门南街80号中加大厦
邮　　编　100054
定　　价　35.80元

绿色印刷　保护环境　爱护健康

亲爱的读者朋友：

本书已入选“北京市绿色印刷工程——优秀出版物绿色印刷示范项目”。它采用绿色印刷标准印制，在封底印有“绿色印刷产品”标志。

按照国家环境标准（HJ2503-2011）《环境标志产品技术要求 印刷 第一部分：平版印刷》，本书选用环保型纸张、油墨、胶水等原辅材料，生产过程注重节能减排，印刷产品符合人体健康要求。

选择绿色印刷图书，畅享环保健康阅读！

北京市绿色印刷工程

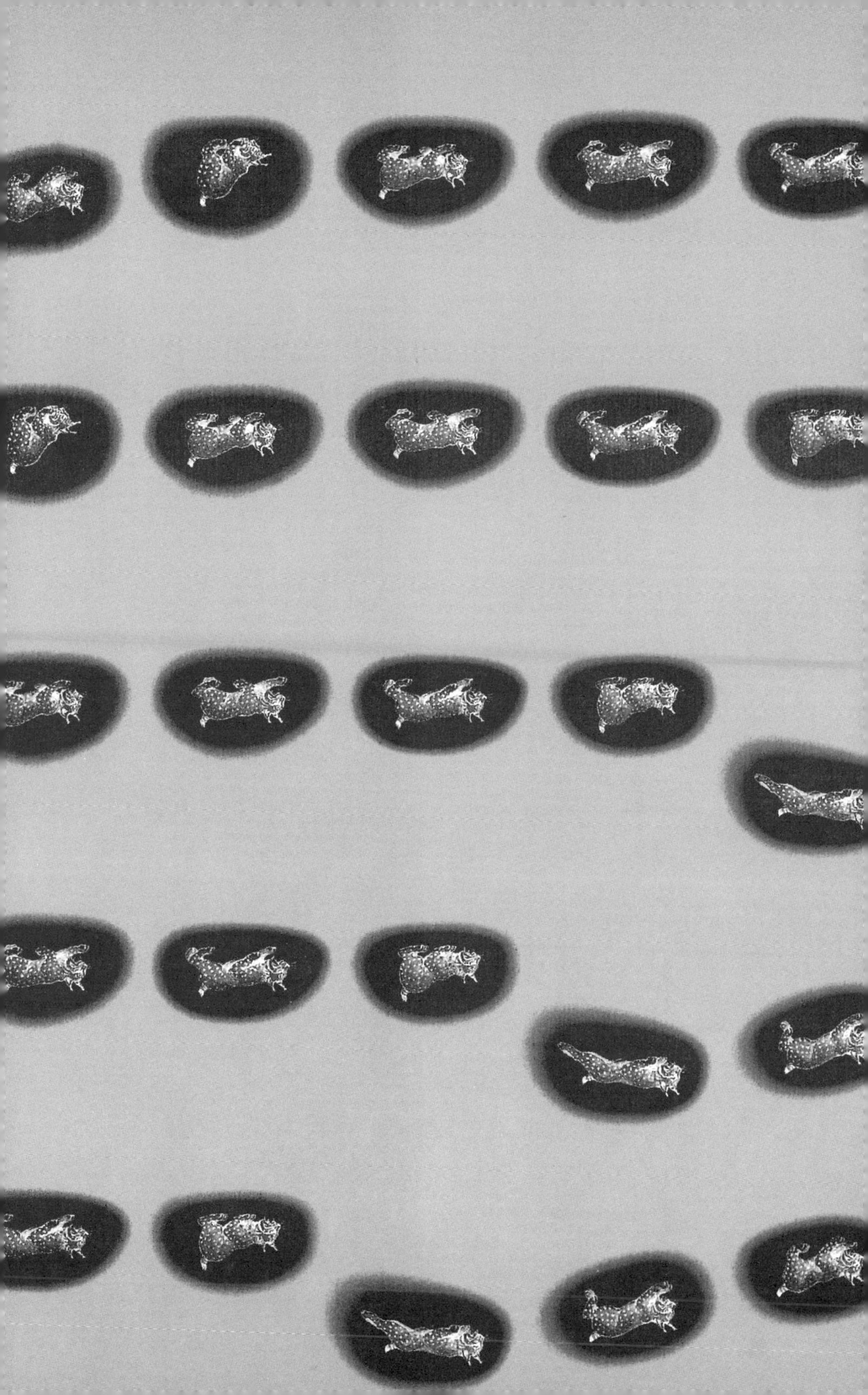

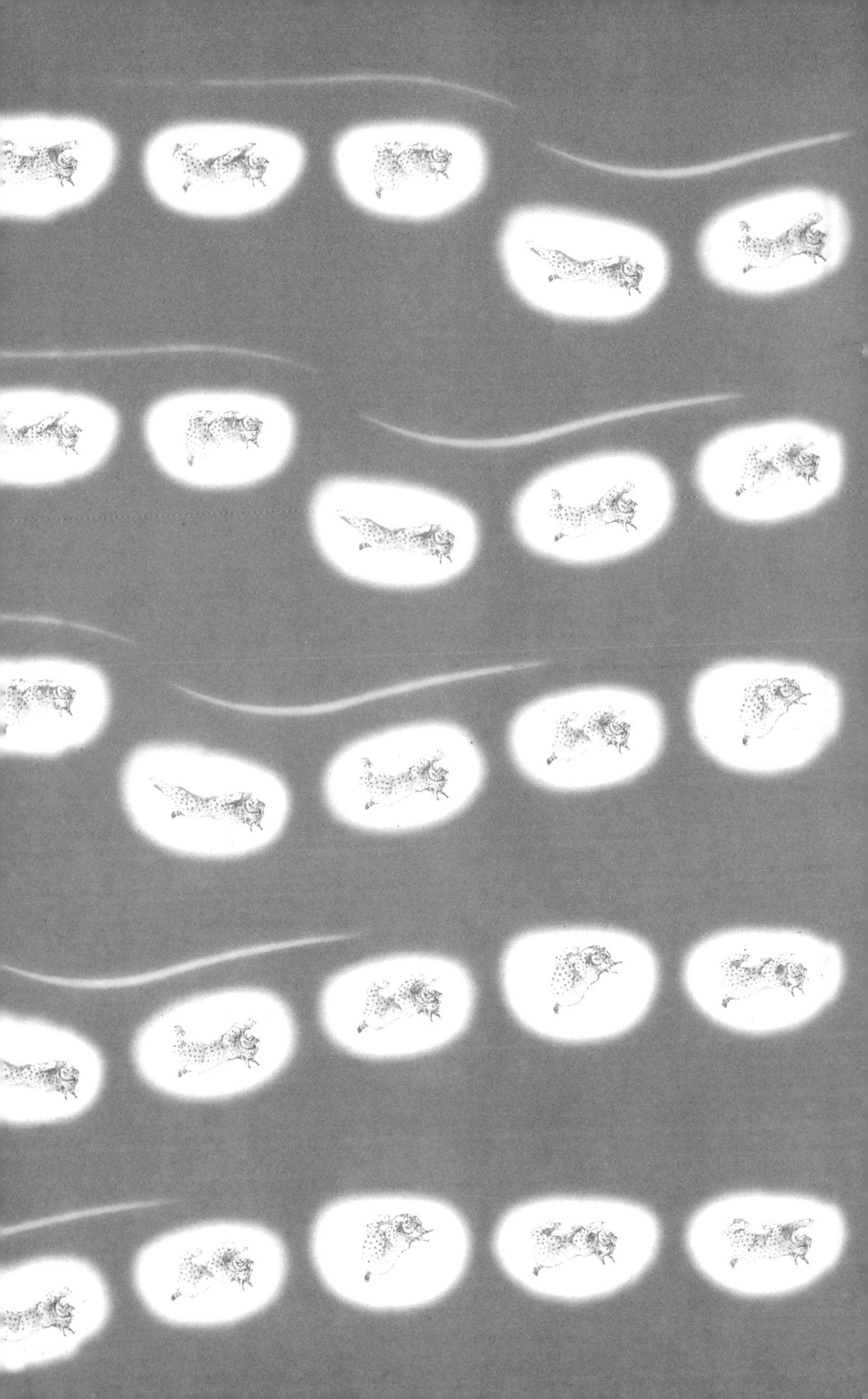